祐成《すけなり》智美《さとみ》童謡詩集

タロと あるく

もくじ　タロとあるく　祐成智美童謡詩集

●ママがつくった　おべんとう

●ひなちゃんのお絵かき

●くいっこ　なりっこ

●おとこの子　おんなの子

表紙・挿絵／夏目尚吾

ママがつくった　おべんとう

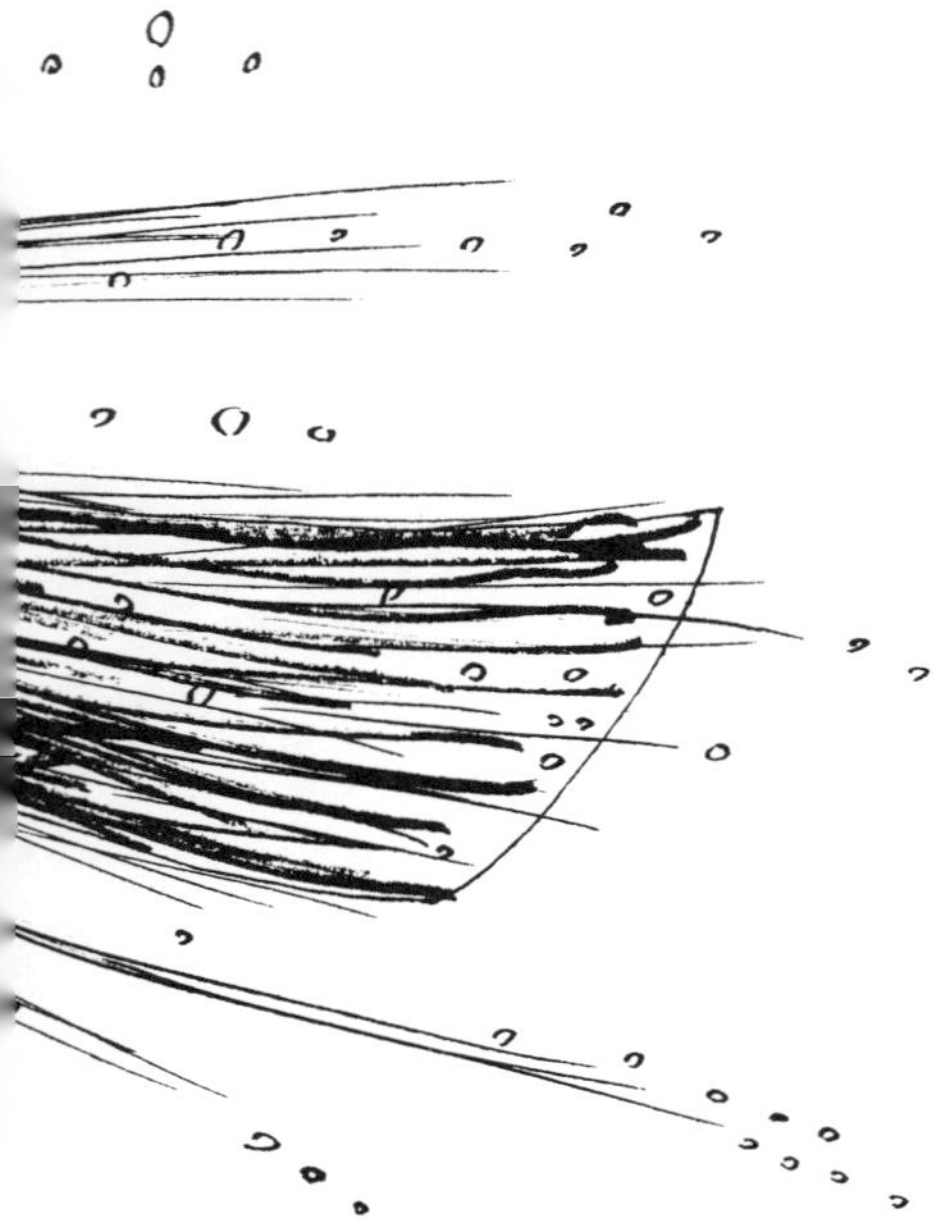

ひなたぼっこ

せなかとせなかを
くっつけて
おばあちゃんと
ゆらしっこ
ぎったんこー
ばったんこー
お日《ひ》さまいっぱい
えんがわぽかぽか
ぼくなんだか
ねむたくなっちゃった

せなかとせなかを
くっつけて
おばあちゃんと
ひなたぼっこ
ぎったんこー
ばったんこー
お日《ひ》さまいっぱい
えんがわぽかぽか
ぼくもう
ねむっちゃうよ
ねむっ……ちゃ……う……よ……

ひとりでしたよ

ころんで　いたいの
なきたいの
でも　ママいない……
ひとりで　ひざを
なぜなぜしたよ
「だいじょうぶ　だいじょうぶ」
いつもママが
してくれるように

おっきしても　いたいの
なきたいの
でも　ママいない……
ひとりで　ひざを
ふうふうしたよ
「いたいの　いたいの　とんでいけ」
いつもママが
してくれるように

ママがつくった　おべんとう

きょうは　おべんとうデー
ママがつくった　おべんとう
ほらっ！　みてみて
からあげ
さくさくしていて
おいしいんだよ

きょうは　おべんとうデー
ママがつくった　おべんとう
おやっ！　けんちゃんも
からあげ
つやつやしていて
おいしそうね

きょうは　おべんとうデー
ママがつくった　おべんとう
あれっ！　ひなちゃんも
からあげ
みんな　からあげ
すきなんだね

きいろいかさ

たっちゃんも　きいろ
みほちゃんも　きいろ
ぼくも　きいろ
きいろいかさが　あつまった
「はじめまして」って　あつまった
一年生《いちねんせい》になってから
はじめてのあめ
きいろいかさ　いいな

たっちゃんも　きいろ
みほちゃんも　きいろ
ぼくも　きいろ
きいろいかさの　まわしっこ
「よろしくね」って　まわしっこ
かあさんがかいた　ぼくの名前《なまえ》も
ほら　まわってる
きいろいかさ　きれい

パジャマのポッケ

なにをいれるの　パジャマのポッケ
ねるとき　おやつは　いらないし
ハンカチ　ちりがみ　いらないし

なにをいれるの　パジャマのポッケ
ねるとき　カードは　いらないし
においけしゴムも　いらないし

なにをいれるの　パジャマのポッケ
りょう手《て》をいれて　ねむったら
ゆめでころんで　しまうしな
——ポッケ　ポッケ　パジャマのポッケ
こんやみたゆめ　いれておくの

てぶくろだけど

ぐん手《て》　ぐん手《て》
てぶくろだけど
色《いろ》がない　ししゅうがない
おしゃれなかざりは　どこにもない
だけどすき　みんながすき
犬《いぬ》のさんぽの　おねえさん
マラソンしている　おにいさん
いつも　ぐん手《て》を　つかってる

ぐん手《て》　ぐん手《て》
てぶくろだけど
おもてもない　うらもない
右手《みぎて》も　左手《ひだりて》も　きまってない
だけどすき　みんながすき
草《くさ》とりしている　おかあさん
トラクター　動《うご》かす　おとうさん
今日《きょう》も　ぐん手《て》を　つかってる

こぶたん

ころんでおでこに
こぶたんできた
クラスじゃみんな
しんぱいがおだ
ともちゃんがハンカチで
ひやしてくれた
うれしくなって
おでこをさすった
ゆびにぷっくり
こぶたんいたい

きゅうしょくすんだら
こぶたんきえた
クラスじゃみんな
もうしらんかおだ
ともちゃんもだれかと
ふざけっこしてる
さびしくなって
おでこをさすった
きえたこぶたん
じんわりいたい

とおくへいっては　いけないよ

「とおくへいっては　いけないよ」
おかあさん　いつもいうけど
とおくって　どこのこと
どんなところ
陸橋《りっきょう》こえた　むこうがわ？
ぽつんと立《た》ってる　水道塔《すいどうとう》？
こわいところかな
いってみたいな

「とおくへいっては　いけないよ」
おかあさん　きょうもいったけど
とおくって　なにがあるの?
だれがいるの
田《た》んぼの道《みち》の　さきのさき?
お日《ひ》さましずんだ　森《もり》のむこう?
なにかありそう
いってみようかな

さんま

さんまがやけた
じゅうじゅうやけた
「ごはんだよー!」
よばれるさきに
きちゃったよ

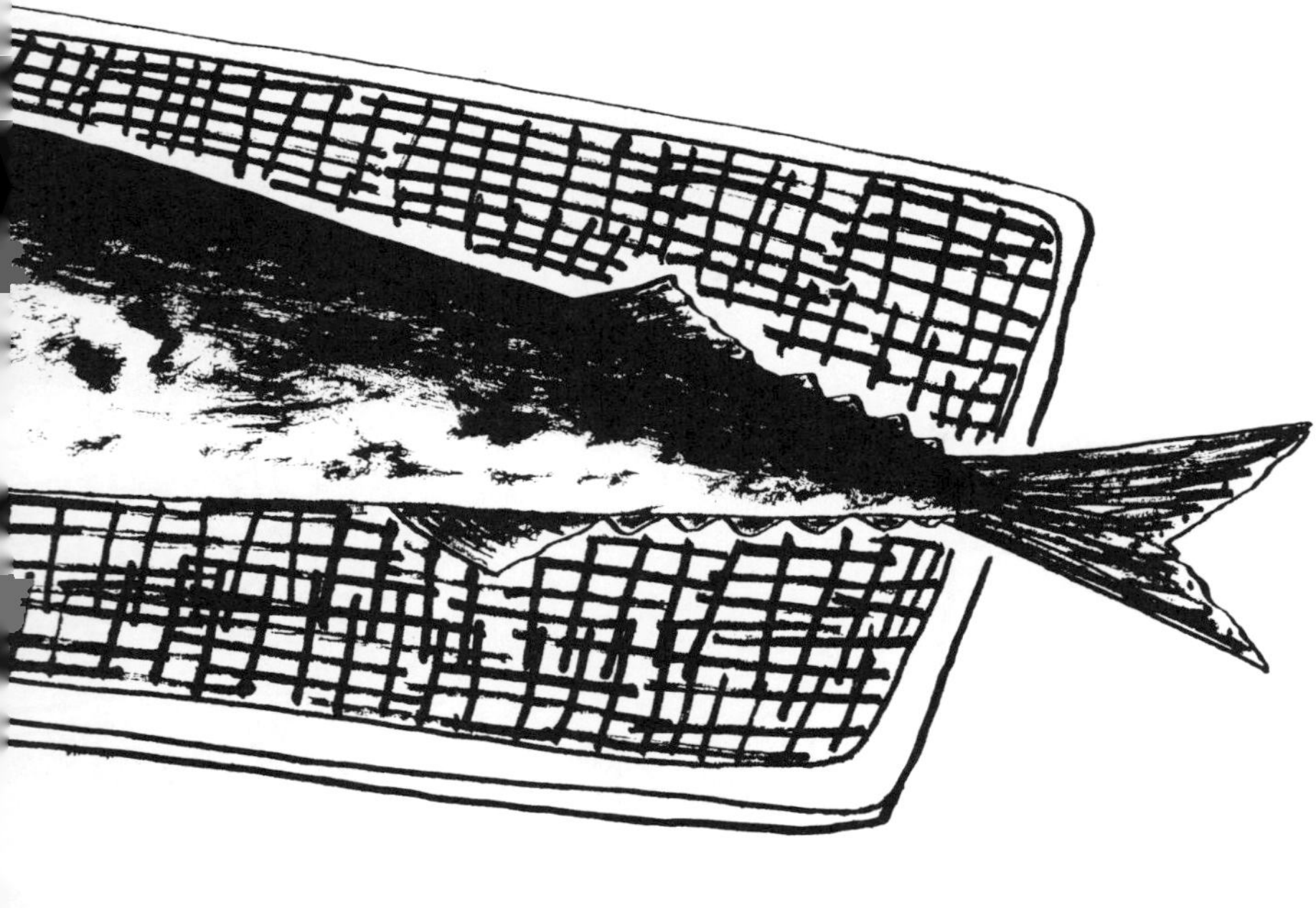

おさらにのせた
じゅうじゅうのせた
「いただきまーす」
いわないさきに
たべてるよ

さんま　さんま
ごはんのおかわり
さんかいめ

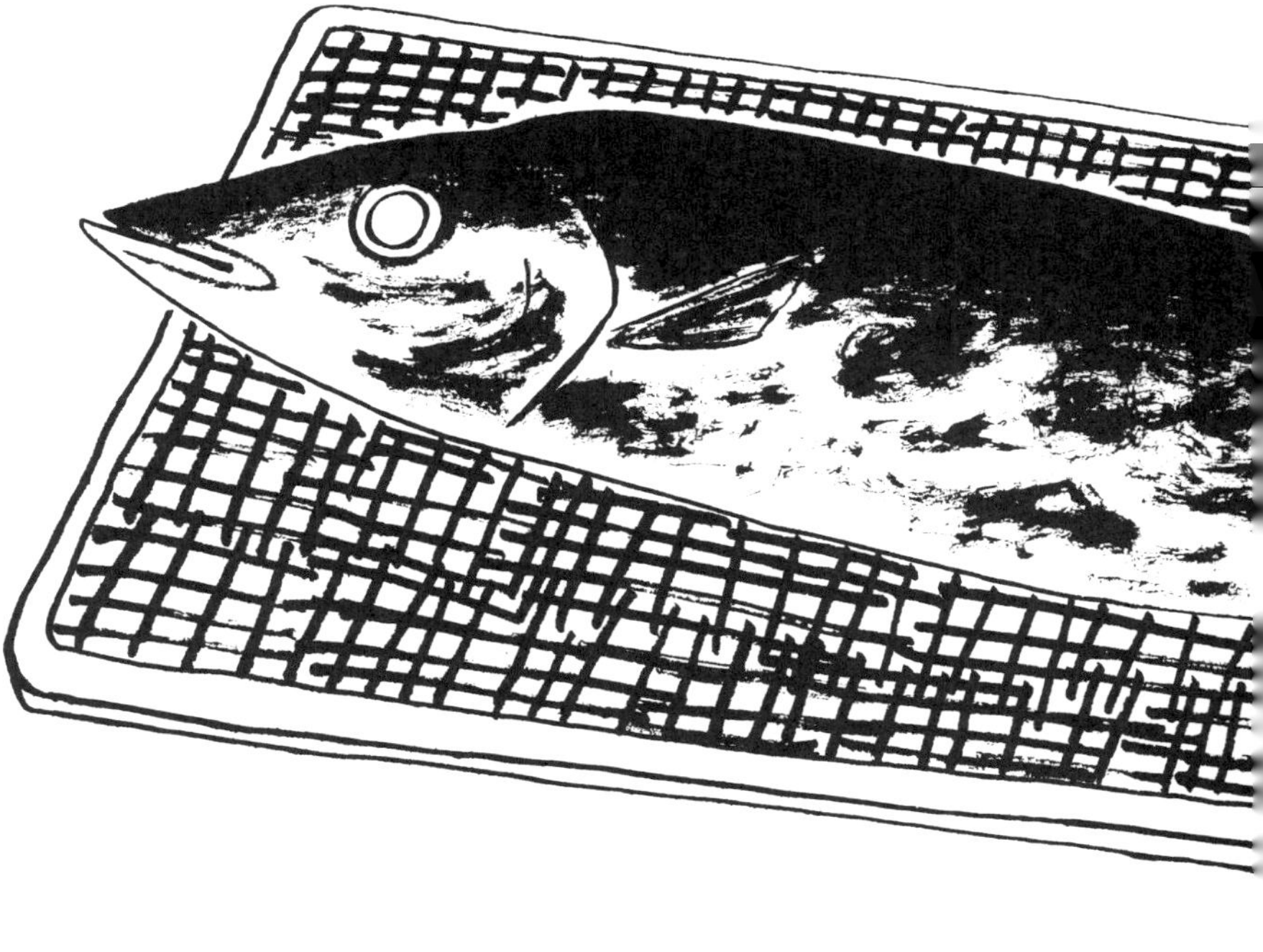

おじいちゃんと赤《あか》とんぼ

おじいちゃん
赤《あか》とんぼといっしょに
かえってきたの?
おじいちゃんのまわり
赤《あか》とんぼがいっぱい

おじいちゃん
赤《あか》とんぼといっしょに
あそんでいたの?
さよならするのが
いやだったんでしょう

おじいちゃん
夕《ゆう》やけがきえるよ
赤《あか》とんぼは
もう　いないよ
――あしたてんきになーれ

タロとあるく

タロとあるくと
「こんにちは！」
知《し》らない人《ひと》が
「こんにちは！」
ぼくも
「こんにちは！」「こんにちは！」
でもね
タロがいないと　いえないいんだ
なぜだかいえないいんだ
「こんにちは！」

タロとあるくと
「こんにちは!」
知《し》らない人《ひと》に
「こんにちは!」
ぼくから
「こんにちは!」「こんにちは!」
そうさ
タロとあるくと　いえるんだ
わらっていえるんだ
「こんにちは!」

すいかえらび

くだものやさんで
うんうんうん
すいかをまえに
うんうんうん
おいしゃさんの　おじいちゃん
なかなか　すいかが　えらべない
「はやくきめてよ」って　いったらね
こまったかおで　ひとりごと
「エコーけんさが　できたらな」

すいかのおなかを
ぽんぽんぽん
にほんの　ゆびで
ぽんぽんぽん
おいしゃさんの　おじいちゃん
つぎつぎ　すいかを　たたいてる
「それで　わかるの」って　きいたらね
わらって　ぼくに　いったんだ
「わたしの　しんさつ　しんじなさい」

あかちゃんのしょくじ

あかちゃんに
ジュースをひとさじあげるとき
おかあさんは
「あーん」と大《おお》きく口《くち》をあける

おかあさんに
ジュースをひとさじもらうとき
あかちゃんは
じーっとおかあさんの目《め》をみてる

ごくんとのむと
おかあさんにこにこ
そのたび　あかちゃん
手足《てあし》をばたばた

あかちゃんは
あかちゃんは
おかあさんの笑顔《えがお》も
いっしょにのんで
大《おお》きくなるのね

わたしもそうして大《おお》きくなったの
おかあさん

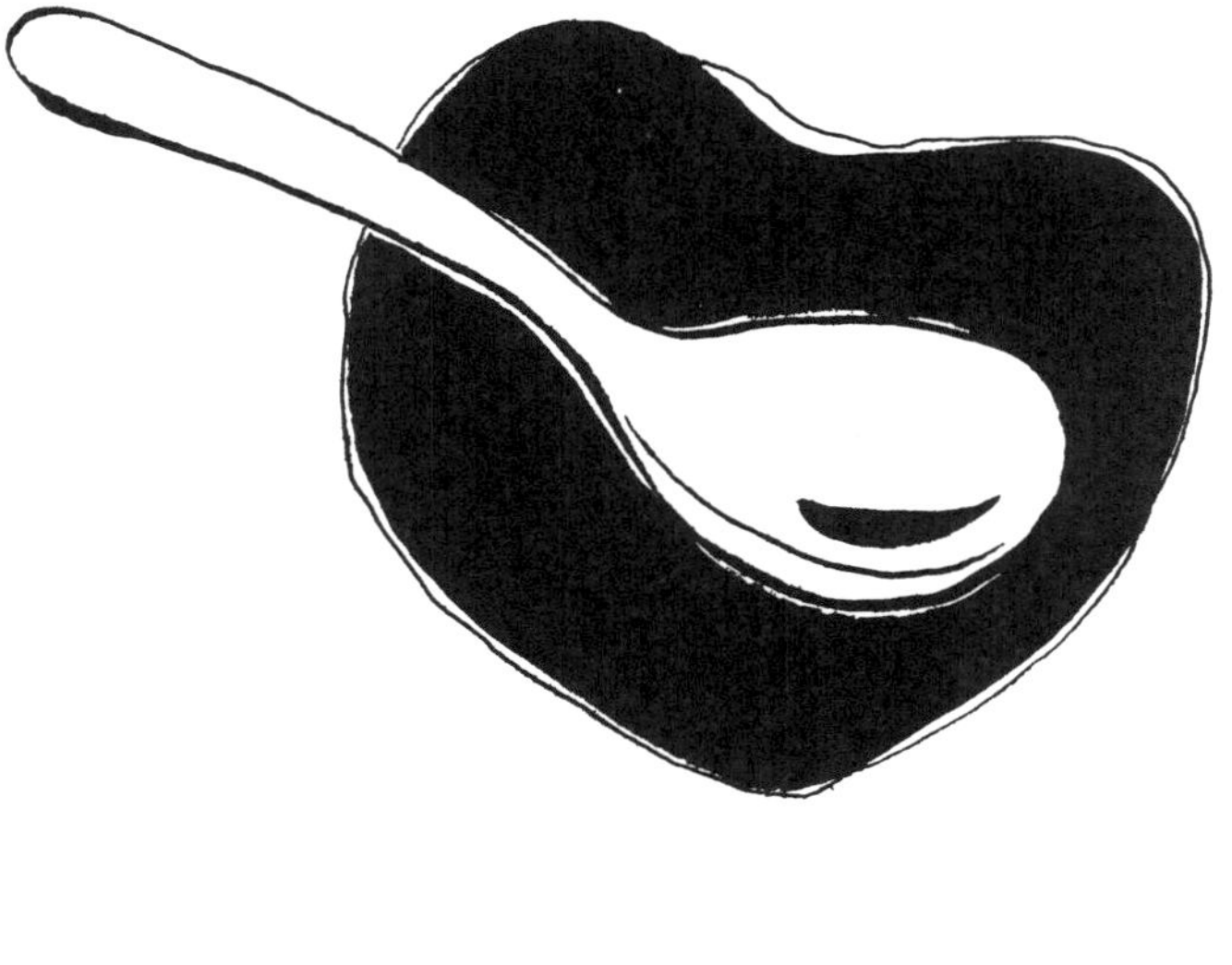

きょうは　にっちょくさん

きょうは　にっちょくさん
はやく目《め》がさめた
やだな雨《あめ》ふってるよ
雨《あめ》の教室《きょうしつ》は　うるさいから
もしも号令《ごうれい》きこえなかったら
どうしよう
れんしゅうしながら　きがえをしよう
「おはようございます」
「おはようございます」
「おはようございます」

きょうは　にっちょくさん
カイくんといっしょだよ
やだな雨《あめ》やまないよ
カイくん雨《あめ》の日《ひ》が　きらいだから
もしも学校《がっこう》おやすみだったら
どうしよう
れんしゅうしながら　あるいていこう
「いただきます！」
「いただきます！」
「いただきます！」

うちのねこ

うちのねこ
ねこぜじゃない　ねこ
テレビの上《うえ》にすわって
すっと　せなかのばしてる

うちのおにいちゃん
ねこじゃないのに　ねこぜ
パソコンの前《まえ》にすわって
もそっと　せなかまるめてる

「ねこ　みならいなさい」って　ママ
「にゃわ――ん」
おもいきり　せなかのばして　ねこ
さーっと　どこかへいっちゃった

ひなちゃんのお絵《え》かき

まだなにもしゃべれないのに

お使《つか》いに行《い》くそうだん
ママとしていたら
ひなちゃん
もうげんかんで　くつをにぎってる
まだなにもしゃべれないのに
ぼくたちのはなし
ちゃんとわかるんだね

おひざがいたいって
おばあちゃんがいったら
ひなちゃん
すぐおばあちゃんのひざ　なぜなぜしてる
まだなにもしゃべれないのに
みんなのはなし
ちゃんときいてるんだね

さすがおにいちゃん

いもうとが
よちよちよち
おすなばへ　あるいてく
「あぶないよ」って　だっこした
「えらいね　さすがおにいちゃん」
ママにほめられた
ぼくね「さすがおにいちゃん」
おにいちゃんなんだ

いもうとが
よちよちよち
ぶらんこへ　むかってく
「あぶないよ」って　とうせんぼ
「えらいね　さすがおにいちゃん」
おばちゃんにほめられた
ぼくね「さすがおにいちゃん」
おにいちゃんなんだ

ひなちゃんのお絵《え》かき

ひなちゃんのお絵《え》かきは
いつもおんなの子《こ》
きらきらの瞳《め》が
大《おお》きく輝《かがや》いているのは
ひなちゃん
すこしきらきらしてるのが
ママ
瞳《め》を線《せん》だけでかいたのが
おばあちゃん
ぼくはかいてくれないの？

ひなちゃん

ひなちゃんのお絵《え》かきは
きょうもおんなの子《こ》
ひらひらのドレスに
星《ほし》がぴかぴかついているのは
ひなちゃん
すこしひらひらしてるのが
ママ
ドレスを線《せん》だけでかいたのが
おばあちゃん
ぼくはおとこの子《こ》だからだめなの?
ひなちゃん

うめぼしのたね

うめぼしのたね　ごっくん！
あっ！のんじゃった　のんじゃった
どうしよう
おにいちゃん

「めがでるぞ　でるぞ　でてくるぞ」
うそうそ　うそでしょう

うめぼしのたね　ごっくん！
えっ！めがでるの　ほんとに？
どこから
おにいちゃん

「ひみつ　ひみつ　おしえない」
ずるいずるい　うそつきーっ

――「おかあさーん」

ざりがにのえさ

あしたは
ようちえんのざりがにつり
えさのするめを　かってきた
おいしいかな
ちょっとしんぱい
おにいちゃん　いっぽんたべてみて
わたしは　するめが　きらいなの

あしたは
ようちえんのざりがにつり
えさがまずいと　つれないんだって
だいじょうぶかな
ちょっとしんぱい
おにいちゃん　こっちもたべてみて
わたしは　するめが　きらいなの

ちいさいけど

「ひなちゃんが　ちいさいのは
ランドセルが　おもすぎるからよ」
おばあちゃんが　いうの
女《おんな》の子《こ》で　いちばん大《おお》きい
ゆみちゃんだって
おなじランドセル　しょってるのに
ひなちゃん　しってるよ
ほんとうは　ほんとうは
おばあちゃん似《に》だからなんだ
でもひなちゃん

ちいさいおばあちゃん　きらいじゃないよ

「ひなちゃんが　ちいさいのは
牛乳《ぎゅうにゅう》を　のまないからよ」
おばあちゃんが　いうの
男《おとこ》の子《こ》で　いちばん大《おお》きい
シュンくんだって
牛乳《ぎゅうにゅう》きらいで　のまないのに
ひなちゃん　しってるよ
ほんとうは　ほんとうは
おばあちゃん似《に》だからなんだ
でもひなちゃん
ちいさいおばあちゃん　だいすきだよ

くいっこ　なりっこ

いぬふぐり

ことしもさいた
いちばんにさいた
どてのひだまり
いぬふぐり
ちいさい　ちいさい　あおいはな
「はやおきね」
おひさまが
ほめているよ

ことしもさいた
そろってさいた
どてのひだまり
いぬふぐり
せいのび　せいのび　あおいはな
「なかよしね」
かぜさんが
なでていくよ

あっ！　生《い》きてる

袖口《そでぐち》についていた
小《ちい》さい虫《むし》
あっ！　生《い》きてる
つまみ上《あ》げたら
指《ゆび》の先《さき》に立《た》ち上《あ》がった！

指《ゆび》を合《あ》わせるとつぶれそうな
小《ちい》さい虫《むし》
あっ！　羽《はね》を広《ひろ》げた
うすみどりの羽《はね》が四枚《よんまい》
きらっと透《す》き通《とお》っている

飛《と》んだ！
小《ちい》さい虫《むし》
もういない――
指先《ゆびさき》の上《うえ》に広《ひろ》がる空《そら》が
青《あお》い

ありさん

わーっ　いっぱいだ
ありさん
みんなで　あそびにきたの？
ドロップス　テーブルにおいたから
およばれされたと　おもったの？

わーっ　どうしよう！
ドロップス　たくさんあるけれど
ありさん　ここでは　あそべないよ

さあ　ついてきて
ありさん
みんなでいっしょに　ついてきて
天気《てんき》のいい日《ひ》は　外《そと》であそぼう
お庭《にわ》でドロップス・パーティーしよう

マテガイロケット

しおをかけると
ぴゅーっ！
ぴゅーっ！と　とびだす
マテガイ
大《おお》きいあなから
ぴゅーっ！
小《ちい》さいあなから
ぴゅーっ！
わーい　マテガイロケットだーい

しおをかけると
ぴゅーっ！
ぴゅーっ！と　とびだす
マテガイ
パパがかけても
ぴゅーっ！
ぼくがかけても
ぴゅーっ！
わーい　空《そら》までとんでいけ

ぼくんちのカエル

ぼくんちのカエル
あまガエル
庭《にわ》の竹《たけ》の蛇口《じゃぐち》がおきに入《い》り
カエルすわりで　どでんときめているよ
あたまから入《はい》っても
つっカエルのに
おしりから入《はい》っても
つっカエルのに
ふとったお腹《なか》が
つっカエルのに

ねぇねぇ　どうやって入《はい》ったの

ぼくんちのカエル
あまガエル
庭《にわ》の竹《たけ》の蛇口《じゃぐち》にきょうもいる
カエルすわりで　きょろきょろしているよ
うわ目《め》でみても
つっカエルのに
よこ目《め》でみても
つっカエルのに
大《おお》きい目玉《めだま》が
つっカエルのに
ねぇねぇ　そうやってなにみてる

くいっこ　なりっこ

つんでも　すぐまた　花《はな》がさき
たべても　たべても　実《み》をつける
夏《なつ》の畑《はたけ》の　さやいんげん
ぼくの村《むら》では　昔《むかし》から
「くいっこ　なりっこ」って　いうんだよ
くいっこ　なりっこ
くいっこ　なりっこ
今日《きょう》も　どっさり　つんできた

ビタミン　ミネラル　低《てい》カロリー
ヘルシー　ヘルシー　くちぐせの
母《かあ》さん　おすすめ　さやいんげん
ぼくはちょっぴり　にがてだが
「くいっこ　なりっこ」って　たべるんだ
くいっこ　なりっこ
くいっこ　なりっこ
今日《きょう》もお皿《さら》に　のってるよ

ビードロ

ビードロは
ぽっぺん！
ガラスのおもちゃ
そーっとすったら
ぽっぺん！
ガラスがうごくの
ぽっぺん！
ふしぎな音《おと》ね

ビードロは
ぽっぺん！
こどものおもちゃ
そーっとふいたら
ぽっぺん！
ガラスがなるのね
ぽっぺん！
やさしい音《おと》ね

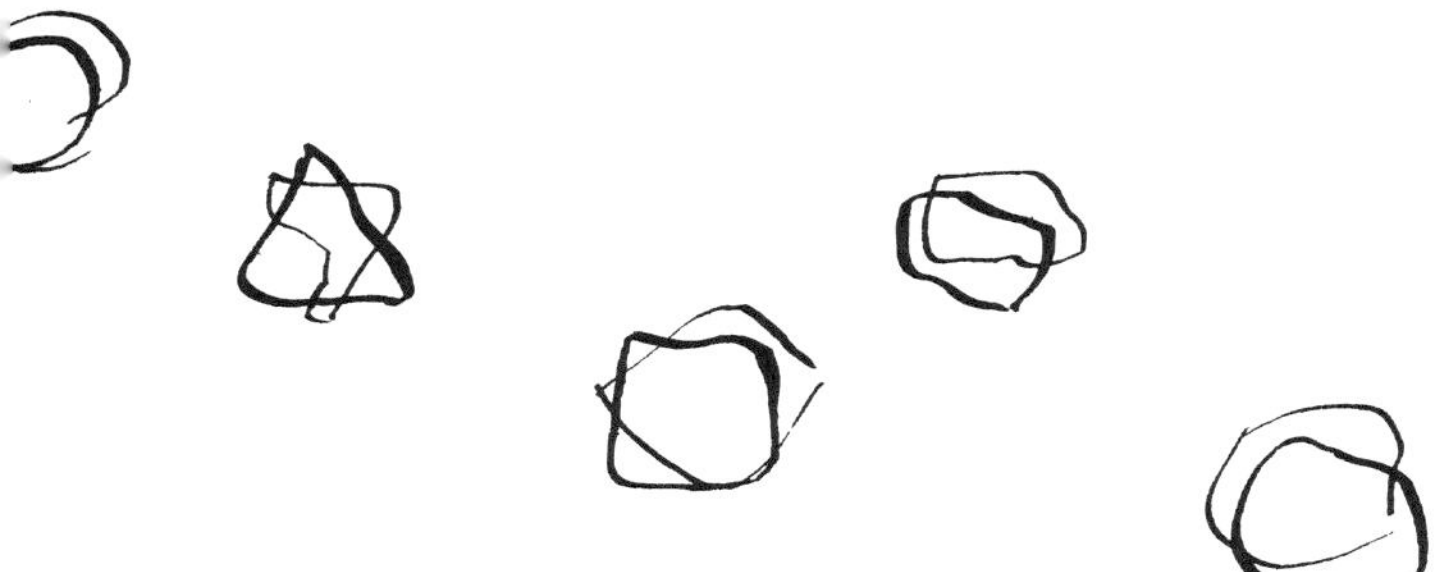

ビードロは
ぽっぺん！
むかしのおもちゃ
さむらいの子《こ》も
ぽっぺん！
ちょうにんの子《こ》も
ぽっぺん！
むかしの音《おと》ね

ぽっぺん　ぽっぺん　ぽっぺん

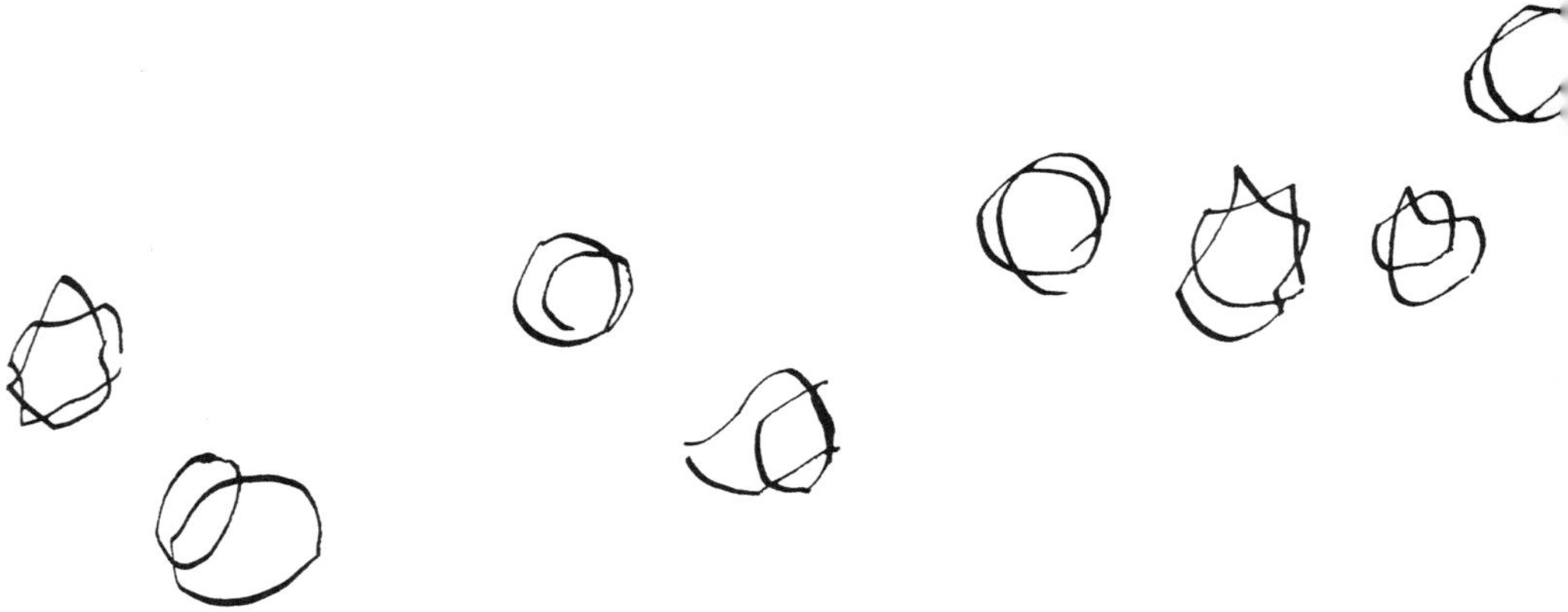

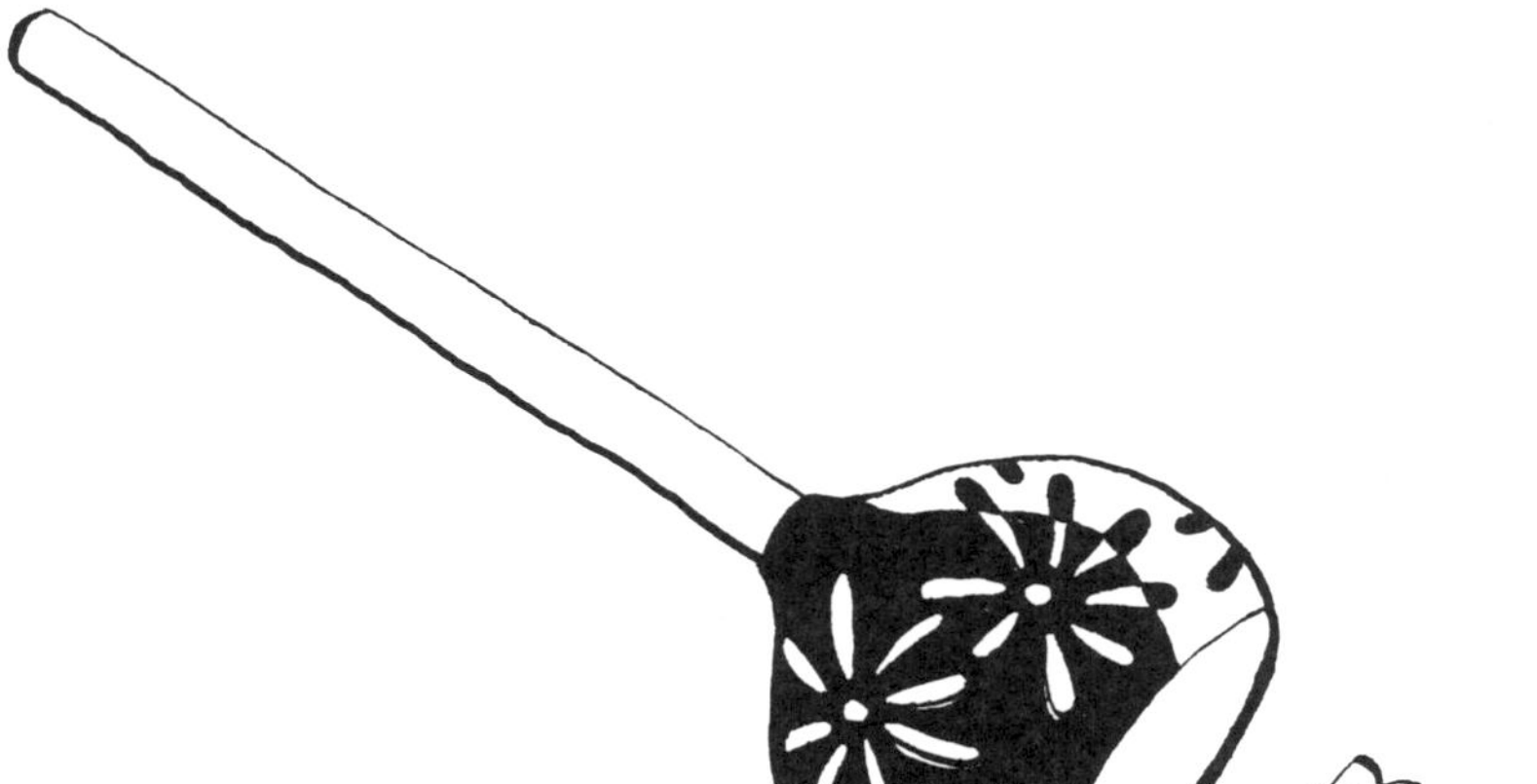

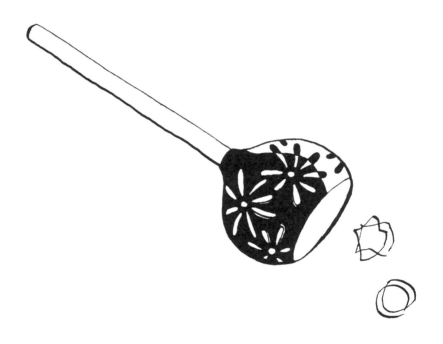

納豆《なっとう》さん

「納豆《なっとう》さん　糸《いと》ひきさん
糸《いと》をひかなきゃ　すきなのに」
「だって　だって
糸《いと》をひかなきゃ　ただの豆《まめ》
しょうゆをさして　からしをまぜて
ぐるぐる　ぐるぐる
糸《いと》をひいたら
栄養満点《えいようまんてん》　納豆《なっとう》でーす」

「納豆《なっとう》さん　ねばねばさん
ねばねばしなけりゃ　すきなのに」
「だって　だって
ねばねばするから　納豆《なっとう》さ
きざんだねぎと　もみのりまぜて
ぐるぐる　ぐるぐる
ねばねばねばったら
におい満点《まんてん》　納豆《なっとう》でーす」

蚊《か》

「ぷーん」

うっ！

蚊《か》？

今年《ことし》はじめての蚊《か》だな

蚊《か》ってすごいな
かすかな羽音《はおと》だけで
ぼくを起《お》こしてしまった
夜中《よなか》に暴走《ぼうそう》バイクが走《はし》っても
目《め》ざまし時計《どけい》が三回鳴《さんかいな》っても

目《め》がさめない　ぼくなのに

「ぷーん」はすごい
すごいと思《おも》うけど
仲良《なかよ》くする気《き》はないよ

そうか……
今夜《こんや》はまだ蚊取線香《かとりせんこう》の用意《ようい》がないんだ
運《うん》が良《よ》かったね
今年《ことし》はじめての
蚊《か》

なののらねこ

まい朝《あさ》であう　のらねこ
「しゃーっ!」と　きばをむく
いやなこ
なのにのらねこ　かわいいこ
通《とお》りすぎると　ついてくる
かくれて　いないふりをすると
きょろきょろ　きょろっと
さがしてる

おやつを見《み》せても　のらねこ

「しゃーっ!」ときばをむく
いやなこ
なのにのらねこ　かわいいこ
さいそくするように　ついてくる
かくして「ないよ」と手《て》をふると
にゃあにゃあ　にゃあと
あまえごえ

のらねこ　だれのこ
かわいいこ
いやなこなのに
かわいいこ

せみ

せみをにぎって　走《はし》る走《はし》る
林《はやし》の中《なか》を　走《はし》る走《はし》る
〝じじっ！〟
せみはもがく
すごい力《ちから》だ
ぼくの手《て》を　こじあけようとしているな
どんなにしても　はなさないよ
かぜひいてねている　にいちゃんに
もってかえって　あげるんだい

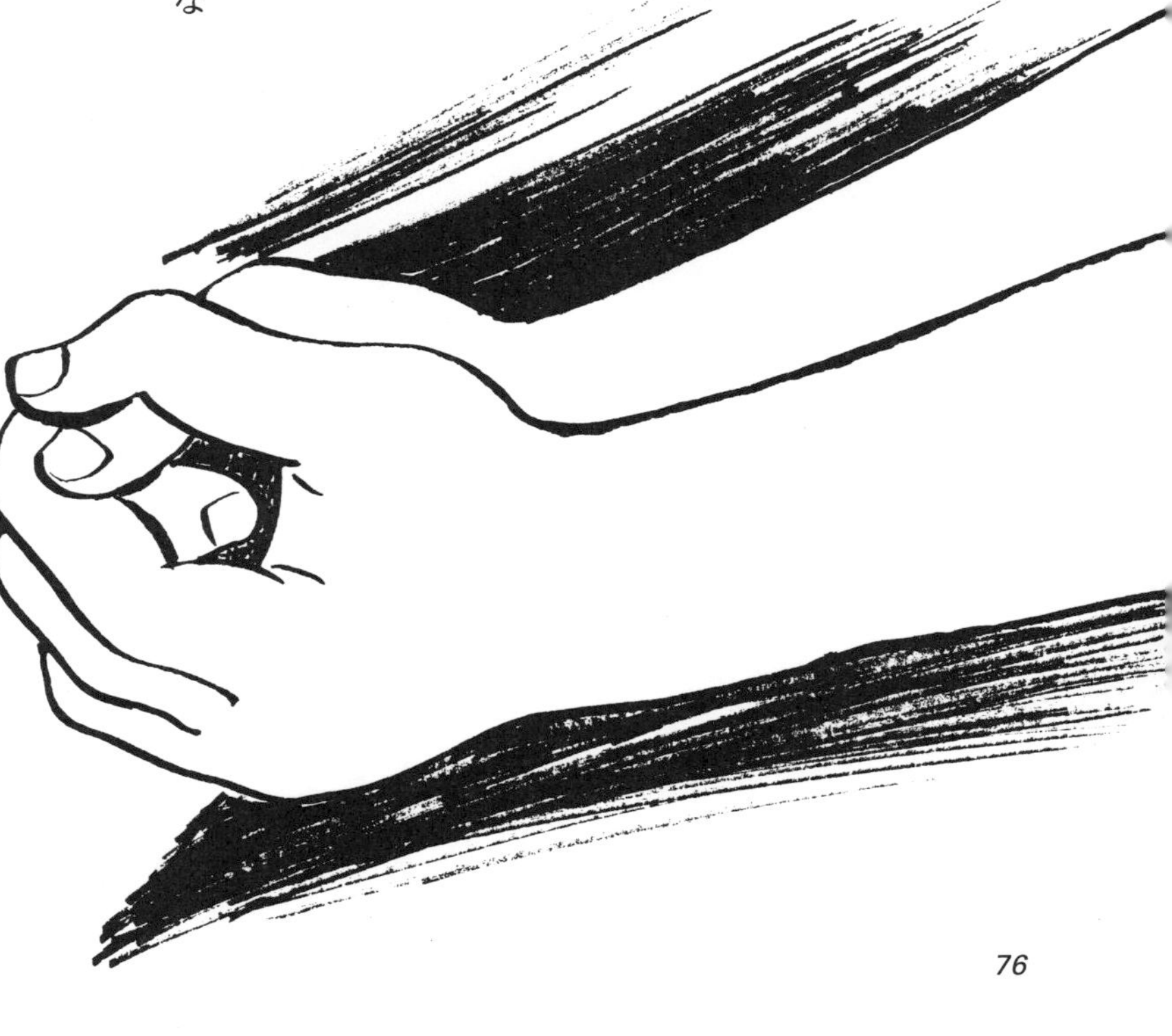

せみをにぎって　走《はし》る走《はし》る
橋《はし》をわたって　走《はし》る走《はし》る
〝じじっ！〟
せみがもがく
なんとかして
ぼくの手《て》から逃《に》げだそうとしているな
どんなにしても　逃《に》がさないよ
虫《むし》がだいすきな　にいちゃんに
元気《げんき》になって　ほしいんだい

チューリップの芽《め》

ぽつんとひとつ
チューリップが芽《め》をだした
赤《あか》くふくれて
しもやけの手《て》みたいだ
「まだ寒《さむ》い日《ひ》がつづきます」
朝《あさ》、天気予報《てんきよほう》がいってたよ
寒《さむ》いとね　しもやけがかゆくなるんだよ
もうすこし　土《つち》をかけておこうね

チューリップ

けさはふたつ
チューリップが芽《め》をだした
ふたつとも
しもやけみたいにふくれてる
「春《はる》がそこまできています」
朝《あさ》、天気予報《てんきよほう》がいってたよ
よかったね　ぐんぐんのびていいんだよ
もうすぐ　あたたかくなるからね
チューリップ

としをとったチロ

としをとったチロ
目《め》が見《み》えないチロ
耳《みみ》がきこえなくなったチロ
戸口《とぐち》のそばで　いつもねむってる
でも　ぼくが帰《かえ》ると起《お》きてきて
おばあちゃんみたいに
やさしい目《め》で　むかえてくれるよ
ぼくが生《う》まれる前《まえ》から
ぼくんちの犬《いぬ》だったね
いまでも赤《あか》い首輪《くびわ》が　にあっているよ

としをとったチロ
足《あし》が弱《よわ》った　チロ
しっぽもふらなくなったチロ
散歩《さんぽ》にでると　すぐにすわりこむ
でも　草《くさ》のにおいはわかるのかな
原《はら》っぱにでると
うれしそうに　しっぽをゆらすよ
走《はし》りまわっていた日《ひ》を
思《おも》い出《だ》しているんだね
いつかまた　フリスビーで遊《あそ》ぼうね

おとこの子《こ》　おんなの子《こ》

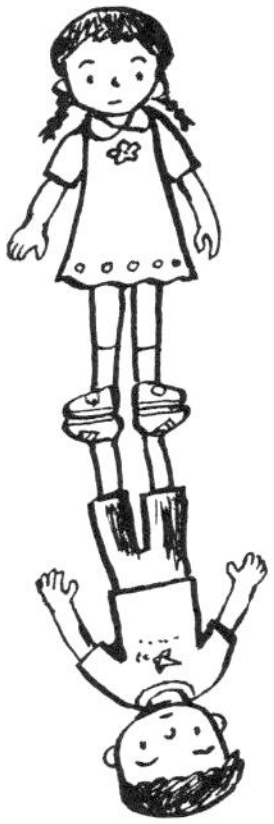

きょうから　なつやすみ

小鳥《ことり》の声《こえ》で目《め》がさめた
窓《まど》をひらいて　深呼吸《しんこきゅう》
なんだかちがう
いつもとちがう
空気《くうき》がすいっと　おいしいんだ

顔《かお》を洗《あら》って外《そと》にでた
空《そら》にむかって　せのびした
なんだかちがう
いつもとちがう
あさつゆきらっと　まぶしいんだ

——なんだかちがう
いつもとちがう
きょうからうれしい　なつやすみ
なつやすみ列車《れっしゃ》の　出発《しゅっぱつ》だ

かき氷《ごおり》がはじまった

ファミレスの窓《まど》に
波《なみ》と氷《こおり》の旗《はた》がでたよ
かき氷《ごおり》が　はじまったんだ
夏《なつ》だね　夏《なつ》っていう感《かん》じ

いちご　メロン　カシスオレンジ
ぼくはだんぜん　宇治金時《うじきんとき》！
大《おお》きな氷《こおり》を　しゃしゃっしゃー
機械《きかい》でけずる　あの音《おと》いいね

わーっ！　思《おも》っただけで
おでこに　キーン

ハンバーガーの店《みせ》も
波《なみ》と氷《こおり》の　あのデザイン
かき氷《ごおり》が　はじまったんだ
夏《なつ》だね　来《き》たっていう感《かん》じ
みぞれ　レモン　ココナッツキャラメル
わたしはやっぱり　ブルーハワイ！
氷《こおり》の山《やま》を　さくさくさくっ！
スプーンでくずす　あの音《おと》いいね
わーっ！　今年《ことし》もきっとだ
むしばに　キーン

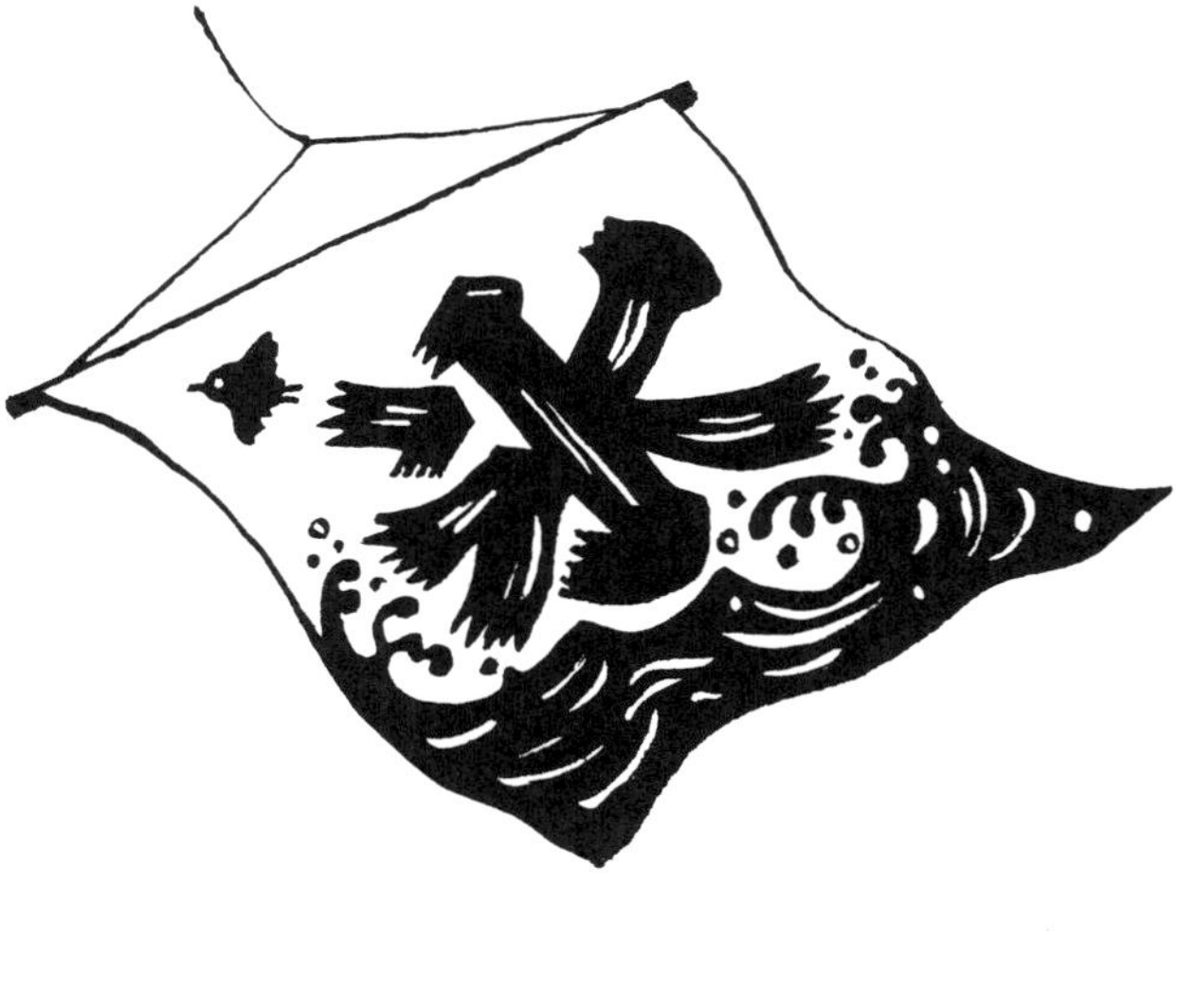

やっぱり夏《なつ》がすきなんだ

夏《なつ》だ！
ま夏《なつ》だ
スーパー猛暑《もうしょ》
道路《どうろ》はやけたフライパン
かけだせかけだせ　あっついつーい
やったー！　きょうも一番《いちばん》のり
プールにとびこみ　ひやしちゃおう
——ああ　いいきもち
夏《なつ》　夏《なつ》　だいすき
だーいすき

やっぱり夏《なつ》が　すきなんだ

夏《なつ》だ！
ま夏《なつ》だ！
スーパー猛暑《もうしょ》
部屋《へや》は熱《ねっ》したオーブンレンジ
がまんだがまんだ　あっついつーい！
よーし！　きょうもかき氷《ごおり》
レモンで山盛《やまも》り　つくっちゃおう
——うーっ！　歯《は》にしみる

夏《なつ》　夏《なつ》　だいすき
だーいすき
やっぱり夏《なつ》がすきなんだ

夏《なつ》の洗《せん》たくき

朝《あさ》から山《やま》もり　汗《あせ》だくだくの
パジャマに
シーツに
T《ティー》シャツ　パンツ
夏《なつ》の洗《せん》たくきは　いそがしい
まわる　まわる　だくだく　だくだく
まわる　まわる　ひまなく　だくだく
まわる　まわる　まわるるる……

またまた　きがえる　汗《あせ》だくだくの
ブラウス
チュニック
クロップドパンツ
夏《なつ》の洗《せん》たくきは　またまわる
まわる　まわる　だくだく　だくだく
まわる　まわる　きりなく　だくだく
まわる　まわる　まわるるる……

——とうとう　洗《せん》たくきも
汗《あせ》だくだく
洗《せん》たくきを洗《あら》ってくれる
洗《せん》たくきがないかな

あくび

宿題《しゅくだい》してたら
とつぜん
「ふわーっ!」
勉強《べんきょう》あきた虫《むし》　目《め》をさましたな
ぼくに大《おお》あくび　させてるな
「ふわーっ!　ふわーっ!」
そんなときは　深呼吸《しんこきゅう》
新鮮《しんせん》な空気《くうき》おくりこめ!
おくって　おくって　おくって
勉強《べんきょう》あきた虫《むし》

おさえこめ　おさえこめ

宿題《しゅくだい》もうすこし

またまた

「ふわーっ！」

勉強《べんきょう》あきた虫《むし》　あばれだしたな

ぼくを負《ま》かそうと　しているな

「ふわーっ！　ふわーっ！」

胸《むね》をはって　深呼吸《しんこきゅう》

新鮮《しんせん》な空気《くうき》　おくりこめ

おくって　おくって　おくって

勉強《べんきょう》あきた虫《むし》

やっつけろ　やっつけろ

「ふわわわわわーん！」
もう手《て》におえないよ
勉強《べんきょう》あきた虫《むし》といっしょに
あそんでくるからね　ぼく！

電車《でんしゃ》の中《なか》のおすもうさん

おすもうさんが二人《ふたり》
電車《でんしゃ》にのってきた
わっ　大《おお》きい
入《い》り口《ぐち》　とおれるの?
どきどき　みていたのにな
すぐにメールなんか　はじめてる
うちの　兄《にい》ちゃんと　おなじだね

おすもうさんが二人《ふたり》
座席《ざせき》にすわったよ
わっ！　四人分《よにんぶん》
なんだろう　このにおい
ちょんまげの　においだな
かがみのまえで　かためたのかな
うちの　兄《にい》ちゃんと　おなじにね

おすもうさんが二人《ふたり》
なにかしゃべってる
おっ！　てい音《おん》
ちょんまげ　よせあって
ときどき　笑《わら》ったりして
アイドルの話《はなし》　しているのかな
うちの　兄《にい》ちゃんと　おなじだね

――おすもう　つよいのかな
二人《ふたり》のおすもうさん

おとこの子《こ》　おんなの子《こ》

えんぴつの先《さき》には
ふわふわの羽《はね》　ついてるし
ノートのひょうしには
いちごのシール　はってある
おんなの子《こ》って　どうして
「おんなの子《こ》」っていう感《かん》じのものが
すきなんだろう

おんなの子《こ》　おとこの子《こ》
ちがいがあるから
気《き》にかかるんだ
気《き》にかかるから
けんかをしちゃうんだ

T《ティー》シャツの胸《むね》には
きらきらのロケット　ついてるし
ジーパンのポッケには
怪獣《かいじゅう》のシール　はってある
おとこの子《こ》って　どうして
「おとこの子《こ》」っていう感《かん》じの服《ふく》が
すきなんだろう

おとこの子《こ》　おんなの子《こ》
ちがいがあるから
気《き》にかかるんだ
気《き》にかかるから
仲良《なかよ》くしたいんだ

あいさつしたら

「おはよーっ」って
手《て》をふったら
「いいてんきね」って
あの子《こ》
わらって　かけてきた
なんだかわたし
ほめられたみたい

「こんにちは!」って
かさまわしたら

「やなてんきね」って
あの子《こ》
ぶすっと　くちきかない
なんだかわたし
おこられたみたい

いいてんき
やなてんき
わたしのせいでは　ないのにな
いいてんき
やなてんき
わたしどっちも　だーいすき

きめたんだもん

あめ　あめ
じゃんじゃんぶりの中《なか》を走《はし》る
かささして　カッパ着《き》て
長《なが》ぐつはいて走《はし》る
「あしたなら車《くるま》でおくれるよ」
お母《かあ》さんが　心配《しんぱい》そうにいったけど
八幡《はちまん》さまへ行《い》こうって
きみちゃんとちいちゃんと
きめたんだもん

あめ　あめ
じゃんじゃんぶりの中《なか》を走《はし》る
かみなりが　鳴《な》ってるけど
水《みず》たまりけって走《はし》る
午後《ごご》には晴《は》れるって聞《き》いたけど
エッちゃんの病気《びょうき》が　早《はや》くなおるように
おまいりに行《い》こうって
きみちゃんとちいちゃんと
きめたんだもん

犬《いぬ》だから

電信柱《でんしんばしら》をみつけると
おしっこをする
道《みち》ばたの石《いし》ころをみつけると
きまってする
おしゃれにトリミングしたプードルも
いかめしい顔《かお》のドーベルマンも
ぼくんちのチロも
かた足《あし》あげて　シャーッ!

まがり角《かど》にたちどまって
おしっこをする
丈《たけ》ののびた草《くさ》むらに近《ちか》づくと
きまってする
おしゃれなお姉《ねえ》さんがつれてる犬《いぬ》も
こわそうな顔《かお》のおじさんの犬《いぬ》も
ぼくんちのチロも
かた足《あし》あげて　シャーーッ！

犬《いぬ》だからしかたがない
しかたがないけど　チロ
きょうはゆりちゃんといっしょだから
わかってるな　チロ
がまんだよ　がまん

いってるそばから
ああっ！　チロ！　チロ！
チロったら　もう！

夕《ゆう》やけの道《みち》で

女子《じょし》だけのだいじな話《はなし》を
先生《せんせい》にきいた日《ひ》
夕《ゆう》やけの道《みち》を
ともちゃんと帰《かえ》った
二人《ふたり》はなにも話《はな》さなかった
先生《せんせい》の話《はなし》が心《こころ》の中《なか》を
行《い》ったりきたり
ただふるえていた

小《ちい》さいときから
お父《とう》さんと二人《ふたり》ぐらしのわたしは
だれに話《はな》せばいいの
「ママにたのんであげる」って
ともちゃんはいったけど
わたしはだまってともちゃんと別《わか》れた

ひとりになると先生《せんせい》の話《はなし》が
また心《こころ》の中《なか》で広《ひろ》がって
まだふるえてる

夕《ゆう》やけの空《そら》がにじんで
お母《かあ》さんの顔《かお》が浮《う》かんだ
「お母《かあ》さーん！」
声《こえ》に出《だ》して呼《よ》んだ

亡《な》くなってから
一度《いちど》も呼《よ》んだことがなかった
「お母《かあ》さーん！」

わたしだいじょうぶ——

ママの声《こえ》

「かおを　あらったの！」
「はやくごはん　たべて！」
朝《あさ》からうるさい　うるさいママ
いま　あらおうとしてたのに
いま　たべようとしてたのに
いつも先《さき》まわり　ママの声《こえ》
「ベッド　なおしたの？」
またぁ！

「手《て》を　あらったの？」
「うがい　ちゃんと　したの？」
帰《かえ》るとうるさい　うるさいママ
いま　あらおうとしてたのに
いま　しようとしてたのに
いつも先《さき》まわり　ママの声《こえ》
「宿題《しゅくだい》　はやくね」
あーあ……

野菜《やさい》の特売日《とくばいび》

レタス　アスパラ　にんじん　トマト
きょうは野菜《やさい》の特売日《とくばいび》
とつぜんはじまる
レタスのタイムサービス
どーっと集《あつ》まる　人《ひと》がきを
おしわけ　おしわけ　お母《かあ》さん
両手《りょうて》でレタスを　くらべてる
あっちのレタスが　おもいかな
こっちのレタスが　おもいかな

キャベツ　ピーマン　パプリカ　ゴーヤ
きょうは野菜《やさい》の特売日《とくばいび》
みるみるなくなる
ワゴンの新鮮《しんせん》レタス
さーっと引《ひ》いてく　人《ひと》がきに
気《き》がつかないのか　お母《かあ》さん
まだまだレタスを　くらべてる
あっちのレタスが　おとくかな
こっちのレタスが　おとくかな

ぼくはカートを押《お》しながら
ほかの売《う》り場《ば》を見《み》てるふり

時計《とけい》がいっぱいあるのにね

家《いえ》の中《なか》には時計《とけい》がいっぱい
柱《はしら》 時計《どけい》　おき時計《どけい》
めざまし時計《どけい》　はと時計《どけい》
にっちに　にっちに　にっちに……
かち　こち　かち　こち　かち……
みんなかってに　うごいてるから
おくれているのか　すすんでいるのか
お出《で》かけしたくの　おかあさん
テレビのぞいて　いま何時《なんじ》？

家《いえ》の中《なか》には時計《とけい》がいっぱい
デジタル時計《どけい》　電波時計《でんぱどけい》
トラベルウォッチ　腕時計《うでどけい》
にっちに　にっちに　にっちに……
かち　こち　かち　こち　かち……
みんなかってに　うごいてるから
すすんでいるのか　おくれているのか
　ねぼうしちゃった　お兄《にい》ちゃん
携帯電話《けいたいでんわ》で　いま何時《なんじ》？

パパの工具箱《こうぐばこ》

のこぎり　とんかち
くぎぬきに　ドライバー
パパの工具箱《こうぐばこ》の　なかみはね
さびてて　古《ふる》くて　へんなものばかり
でもでも　でもね　すごいんだ
パパが使《つか》うと　ほら　みてて
ぎこぎこ　とんとん　びゅーん　びゅーん
ぎこぎこ　とんとん　びゅーん　びゅーん
ポチの犬小屋《いぬごや》　はい　できあがり

スパナに　ボンドに
サンドペーパー　油《あぶら》さし
パパの工具箱《こうぐばこ》の　なかみはね
ほかにも　ごちゃごちゃ　へんなものばかり
でもでも　でもね　すごいんだ
パパが使《つか》うと　いい　みてて
ぶくぶく　しゅるしゅる　くいんくいん
ぶくぶく　しゅるしゅる　くいんくいん
パンク自転車《じてんしゃ》　はい　なおったよ

人間《にんげん》ドックを受《う》けたパパ

人間《にんげん》ドックを受《う》けたパパ
結果《けっか》をみているママ
「体重《たいじゅう》またすこしふえたわね
お腹《なか》まわりは８４センチ
ぎりぎりだけどセーフかな
メタボになったらこわいのよ
今日《きょう》からさっそくお夜食《やしょく》　なしね」
——しめた！

パパのプリンぼくいただき

人間《にんげん》ドックを受《う》けたパパ
結果《けっか》をみているママ
「たばこやめてくれてありがとう
血圧《けつあつ》うえが132
ちょっぴりだけどオーバーね
脳梗塞《のうこうそく》になったらたいへんよ
明日《あした》からまいにち駅《えき》まで　歩《ある》きね」
――ええっ！
あさのドライブなしってこと？

お皿《さら》がにこにこ

夕《ゆう》ごはんがおわったら
あとかたづけのおてつだい
お皿《さら》を洗《あら》うのは　お母《かあ》さん
ふきんで拭《ふ》くのは　わたし
きゅっきゅっきゅっ
きゅっきゅっきゅっ
大《おお》きさそろえて
かたちをそろえて
お母《かあ》さんがいつもしているように

夕《ゆう》ごはんがおわったら
あとかたづけのおてつだい
大《おお》きいお皿《さら》は　下《した》のだん
小《ちい》さいお皿《さら》は　上《うえ》のだん
かちゃかちゃかちゃかちゃ
かちゃかちゃかちゃかちゃ
あしたの朝《あさ》も
べんりなように
お母《かあ》さんがいつもしているように

みてみてお母《かあ》さん
お皿《さら》がにこにこしているわ

おかあさんがお米《こめ》をとぐ

しゃっしゃっ！
しゃっしゃっ！
おかあさんがお米《こめ》をといでいる
一日《いちにち》の終《お》わりの仕事《しごと》ね
かたづけ終《お》えた台所《だいどころ》に
はずんでる　はずんでる　音《おと》
しゃっ！しゃっ！しゃっ！
無事《ぶじ》に終《お》わった今日《きょう》の日《ひ》を
喜《よろこ》んでいる音《おと》ね

しゃっしゃっ！
しゃっしゃっ！
おかあさんがお米《こめ》をといでいる
新《あたら》しい明日《あした》の支度《したく》ね
みがき終《お》えたシンクの中《なか》に
はねかえる　はねかえる　音《おと》
しゃっ！しゃっ！しゃっ！しゃっ！
あかるい明日《あした》がくるような
うれしくなる音《おと》ね

自我を意識し成長する子どもの世界

こわせ・たまみ
（詩人　児童文学者）

子どもたちの日常を温かく見つめ、優しくすくい上げた、祐成智美さんの新しい詩集が誕生しました。五十二編のそれぞれにそれぞれの子どもがいて、今生きて躍動している心と姿が明るく描かれている子どもの生活詩です。

祐成智美さんは一般社団法人日本童謡協会の会員で、平成五年から毎月一度の集まりを続けている詩のサークル《菜の花曜日》の熱心な創作者の一人です。初めてお会いしたのはもう二十数年も前になりますが、その頃から変わらず子どもの心を心としての温かい世界を表現し続けています。ポストに手紙を入れた後、〈なんじに　くるかな／ゆうびんやさん／それまで　そっと／あたためていて／だいじな　だいじな／おてがみだから〉というたった「ポスト」など、初期の印象的な作品ですが、その想いはこの詩集の中にも一貫して流れ、それぞれの作品を子どもの詩として安定感のあるものにしています。

そしてその世界は、〝幼児のうたのための詩〟に止まらず思考的にも形式的にも自由な広がりを見せてきています。「とおくへいっては　いけないよ」の、〈なにかありそう／いってみようかな〉という詩句などはその象徴でしょうか。守られて生きる中での思考から、より自我を意識して成長する子どもに自己の詩心を投影させることを意識的に試みているようです。「ちいさいけど」や「おとこの子　おんなの子」の微笑ましい自己主張、「としをとったチロ」や「おかあさんがお米をとぐ」の思いやりの世界、「タロとあるく」や「くいっこ　なりっこ」のさり気ない中の社会性、そして日本語の持つ本来のリズムを大切にしながらも、形にとらわれることなく想いを描いた「あっ！　生きてる」や「ぼくんちのカエル」などなど、比較的大きい子どもたちとの接点をさまざまに獲得しています。

朗読してここちよい響きを持ち、豊かな想いが躍動するこれらの詩は、子どもたちの心に温かく楽しく溶け込み、いのちの糧となるにちがいありません。開いたあちこちのページに〝ぼく〟や〝わたし〟を見つけてくれる姿を思いながら、詩集『タロとあるく』のご上梓を心からお祝い申し上げます。

あとがき

童謡詩集『おはなし いっぱい』を出版してから十五年が過ぎました。

「松戸童謡作詩サークル・菜の花曜日」のお仲間に入れていただき、子どもの詩を考えたり、書いたりするようになって二十年になります。毎月の第三木曜日は、私の「菜の花曜日」、子どもの詩を考えることで非日常の世界に入り込める至福の時間になっています。

そんな中で書き続けてきた子どもの詩を、このたび、第二詩集『タロとあるく』として出版することになりました。

『おはなし いっぱい』で幼児の詩のヒントをたくさん提供してくれた子どもたちは、すっかり成長し、今では頭の上から声をかけられるようになりました。この詩集は、そのような子どもたちの成長していく日常の姿をすくいあげた、いわば、子どもたちの「生活詩」です。

地球温暖化によるといわれている異常気象が、平安な日常生活を脅かしています。東日本大震災の恐怖はいまだその渦中から抜け出せません。記録的な大型台風、猛暑、集中豪雨、他国の現象と思っていた竜巻に近隣の町が突然襲われるなど、私たちはそんな地球の上で生きています。そういう時だからこそ子どもたちにやさしい詩をと考えています。いつの時代でも、お母さんは、平安な明日が来ることを信じて、お米をとぎ、ご飯をしかけ、明日へのバトンタッチをします。子どもたちは、その姿を見て、おだやかな眠りにつけるのでしょう。

この詩集はそんな願いを込めてまとめました。

出版にあたり、お忙しい中、ご指導いただきましたこわせ・たまみ先生、すてきな挿絵で飾ってくださいました夏目尚吾先生、細やかなご助言をいただきましたリーブル様、松戸作詩サークルの皆さま、ありがとうございました。また、自由な時間をあたえてくれた私の家族にも。

平成二十七年一月

祐成智美

祐成智美（すけなり・さとみ）
山梨県笛吹市一宮町生まれ。聖路加国際病院、公益財団法人結核予防会第一健康相談所などに看護師として勤務する傍ら、童謡詩を書きはじめる。第６回「三木露風賞新しい童謡コンクール」優秀賞、第10回同賞最優秀賞、第４回「サトウハチロー記念お母さんの詩コンクール」優秀賞受賞。平成９年童謡詩集『おはなし いっぱい』を出版、翌10年「日本童謡賞新人賞」受賞。平成19年同書にて「彩の国下総皖一童謡音楽賞」受賞。現在、日本童謡協会会員。童謡作詩サークル≪菜の花曜日≫同人。

夏目尚吾（なつめ・しょうご）
1949年愛知県犬山市生まれ。デザイナーとして勤務の後、児童書や絵本の世界に入る。主な作品に、『ふう ふう ふう～』『ライオンさんカレー』（以上ひさかたチャイルド）『おはよう』『ねこさんスパゲッティ』（以上チャイルド本社）『かにかにではれ』（くもん出版）『二つの勇気』（学研）、挿し絵に『家出しちゃった』（文研出版）『キツネのかぎや』シリーズ全10巻（あかね書房）などがある。日本児童出版美術家連盟会員。

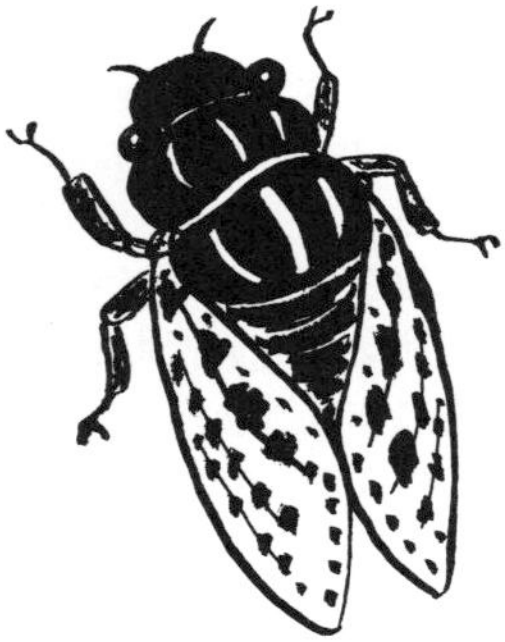

タロとあるく　祐成智美童謡詩集

2015年2月6日　初版発行

著者／祐成智美　　画家／夏目尚吾

発行／リーブル　〒176-0004 東京都練馬区小竹町2-33-24-104

☎ 03(3958)1206　FAX.03(3958)3062

印刷・製本／スピックバンスター株式会社

 ISBN978-4-947581-81-5